L'AMOUR
MATERNEL

UNE MÈRE SPIRITUALISTE

écrivant à sa fille absente

POÈME

EN VERS ET RIMES LIBRES

PAR

PHILIPPE BELLOT

<hr>

PARIS

LIBRAIRIE LEDOYEN

31, PALAIS-ROYAL, GALERIE D'ORLÉANS, 31

L'auteur rue de la Ville-l'Évêque, 54

—

1864

L'AMOUR

MATERNEL

PARIS.— IMPRIMÉ CHEZ BONAVENTURE ET DUCESSOIS
55, QUAI DES AUGUSTINS.

L'AMOUR
MATERNEL

UNE MERE SPIRITUALISTE

écrivant à sa fille absente

POÈME

EN VERS ET RIMES LIBRES

PAR

PHILIPPE BELLOT

***

PARIS

LIBRAIRIE LEDOYEN

31, PALAIS-ROYAL, GALERIE D'ORLÉANS, 31

L'auteur rue de la Ville-l'Évêque, 54

—

1864

A

Madame Isabelle PUGET

Née Hawkins.

Madame,

En vous dédiant un de mes faibles ouvrages, qui pourra ne pas déplaire aux nombreux partisans des manifestations qu'enregistre le spiritualisme moderne, souffrez que j'admire en vous une croyante éclairée, en même temps spiritualiste et médium, pleine de foi, d'espérance et de charité.

Souffrez aussi que je rende hommage à la mémoire de vos deux filles chéries, que le sommeil de la tombe n'empêche pas de visiter, de consoler, d'édifier et de combler de joie leur bien digne mère.

Agréez, Madame, l'expression de mes sentiments respectueux et fraternels.

BELLOT.

54, rue de la Ville-l'Évêque.

LA

BONNE MÈRE SPIRITUALISTE

Tu sais combien je t'aime, ô ma fille chérie,
Toi, mon plus grand trésor dans cette pauvre vie.
Avant d'aller goûter du sommeil le repos,
Sur ce muet papier, je t'écris quelques mots ;
Mais, tâchant d'exprimer mes ardentes pensées,
Il semble qu'ils ne font que des phrases glacées :
Elles n'apportent pas, se présentant à toi,
Ces charmes que ton cœur sait admirer en moi...
De ce corps animé, la réelle présence,
Que ton amour d'enfant innocemment encense...

Ma voix retentissant jusqu'au fond de ton cœur,

Et mon émotion t'annonçant mon bonheur...

Mon regard, dans tes yeux, plongeant avec ivresse,

Et ton corps, dans mes bras, précieuse richesse!...

Mon cœur tout palpitant, appuyé sur le tien,

Et ton sein, douce enfant, agité sur le mien...

Mon maternel baiser, sur ton front sans nuage,

Et ma main caressant ton souriant visage...

Mille douceurs que l'âme aime à bien exprimer...

Ambroisie et nectar d'un cœur qui sait aimer.

Tout ce qui peut manquer à ma triste écriture...

Du langage, les fleurs, leurs parfums, leur verdure,

Et tout ce que, plus haut, je viens de réunir,

Tu peux tout retrouver, peint dans ton souvenir.

Souviens-toi des plaisirs si doux, goûtés ensemble,

Et que ton souvenir dans ton cœur les rassemble !

O que le feu sacré, vie et force de l'âme,

Dans ce monde et toujours t'illumine et t'enflamme !

Le sort nous séparant resserre encore les nœuds

De nos deux cœurs aimants, brillant des mêmes vœux,

Des mêmes sentiments, des mêmes consciences,

Aimant les mêmes arts et les mêmes sciences,

Ayant les mêmes goûts et les mêmes désirs,

Ennemis de tout mal, fuyant les vains plaisirs...
Oui, ton cœur et le mien sont formés l'un pour l'autre ;
Il règne entre eux, en tout, le plus parfait accord ;
Ils ne font qu'un seul cœur, et ce cœur c'est le nôtre...
D'un pôle à l'autre pôle ils vibreraient encor.
Ils s'entendent, sans doute, et chaque heure du jour
Est témoin des effets de leur parfait amour.
Pense à moi, chère enfant, quand tu fais ta prière,
Et lorsque le sommeil veut clore ta paupière...
—Je connais ta candeur, le pouvoir de ta foi. —
Avant de t'endormir, douce enfant, pense à moi.
N'est-il pas, dans le cours de la terrestre vie,
Des plaisirs purs, secrets, dont notre âme est ravie?...
Frissons, tressaillements imprévus et sacrés,
Que nul visible objet ne nous a procurés...
On dirait qu'une main douce, amie, invisible,
De notre être parcourt la surface sensible ;
Qu'une haleine chérie, un doux souffle embaumé
Caressent notre front dans un air parfumé.
Tel goûtant le repos dans les grandes chaleurs,
Sous un arbre couvert de feuillage et de fleurs,
Reçoit l'air rafraîchi, dont le tendre Zéphire
L'inonde, et que, soudain, avec joie il aspire.
Le vent souffle où il veut ; on en saisit le son :

D'où vient-il ? où va-t-il ? Qui le sait ? le sait-on ?

Ainsi souffle l'esprit sur les âmes humaines,

Que le Grand Être attend dans ses divins domaines.

Qu'on lise dans saint Jean, rempli de charité,

Tout ce que cet extrait couvre de vérité ;

Qu'on lise ce qu'ont cru les sages, les prophètes,

— Des oracles divins fidèles interprètes —

A l'endroit des esprits, et ce que, de nos jours,

L'on croit plus que jamais, et qu'on croira toujours.

Qu'une âme prenne un corps organique, palpable,

Ou le corps diaphane, invisible, impalpable,

C'est toujours un esprit... et qui, certes, doit être

Impérissable, ainsi que l'éternel Grand Être.

Pour nos corps sont le temps, l'espace, la matière ;

Mais l'espace, les corps et la nature entière,

Que sont-ils aux esprits ? même des milliers d'ans ?...

Rien ne semble empêcher leurs célestes élans.

Évoqués... les voilà... Pour eux nos cœurs sont nus,

Leurs écrits l'ont prouvé, quand nous les avons lus.

Nous attirons vers nous, à notre insu, sans doute,

Ceux que l'on doit aimer, ou ceux que l'on redoute.

Le cours de nos désirs, nos dispositions,

Nous faisant accomplir de bonnes actions

Ou de coupables faits, autour de nous rassemblent

De bons ou de mauvais esprits qui nous ressemblent.
Nos désirs innocents, nos actes généreux
Attirent près de nous les bons esprits des Cieux.
Leur gracieux contact, leur auguste présence,
Leurs souhaits bienveillants et leur amour immense,
Réjouissent nos cœurs, épurent nos vertus,
Relèvent nos esprits, lorsqu'ils sont abattus...
La divine clarté, dans nos cœurs vient de luire ;
Nous dominons bientôt tout ce qui nous peut nuire ;
Sitôt que ce soleil, de Dieu, sur nous a lui,
Tout esprit ténébreux bien loin de nous a fui...
L'univers matériel s'éloigne, et puis s'efface...
De l'Être souverain nous contemplons la face,
Brillante cent fois plus que le corps radieux,
Soleil que son regard alluma dans les Cieux.
En rapport avec Dieu, sa divine présence
Augmente en nous la foi, l'amour et l'espérance,
Nous fait aimer le bien, chérir la vérité,
Et puiser au nectar de la félicité.

Quand les chantres des bois, légères volatilles,
Ont ajourné leur vol et leurs chansons gentilles,
Se sont mis à l'abri de la pluie et du vent,
Abri sûr, je le crois, jusqu'au soleil levant ;

Car le bon Dieu, qui donne aux oiseaux la pâture,
Peut leur offrir, la nuit, une retraite sûre.
—Ce Grand Dieu, qui préside à tout dans l'univers,
Est craint, est adoré dans les mondes divers.—
Leur plumage gonflé, leur tête sous leur aile,
S'endorment les oiseaux, aux chants de Philomèle...
Chants nobles, variés, aux sons aigus, roulants,
Modulés, saccadés et souvent ruisselants,
Se mêlant aux échos... ô douce symphonie!
On dirait des esprits la céleste harmonie!
Mais ces parfaits accords, mais ces nocturnes chants
Doivent cesser, ayant annoncé le printemps...
Proclamé le réveil de toute la nature...
La beauté, la fraîcheur de la riche verdure...
Le sourire, l'éclat, les charmantes couleurs,
La grâce, les parfums de tout l'essaim des fleurs,
Et, de cette saison, les utiles primeurs.
Sachons apprécier ces paisibles journées,
Dont les nombreux bienfaits charment nos destinées.

Quand déjà le jour dort à l'ombre de la nuit,
Que le soir cheminant va rencontrer minuit,
Quand ont cessé tout cri, tout bruit et tout murmure,
Et qu'un calme profond règne dans la nature;

Quand nos lits impatients ont reçu le dépôt
De nos corps fatigués, aspirant au repos...
Alors planent sur nous les célestes phalanges
D'esprits purs, bienfaisants, doux amis, petits anges,
Partageant notre paix, nos innocents plaisirs,
Offrant leurs ailes d'or à nos ardents désirs,
Pour transporter soudain, dans leur cours électrique,
Tout ce que nous pensons de noble, magnifique,
Bienveillant, vertueux, approuvé dans le ciel,
Pour le prochain, pour nous, aussi doux que miel.
Étrangers au rapport, tenant de la matière,
Près de nous, attentifs, ils aiment la prière,
Les bons vœux et souhaits émanés d'un bon cœur ;
Connaissant tout le prix du solide bonheur,
Recherché des mortels et que tous ils désirent...
Le secret d'en jouir, souvent ils nous l'inspirent,
Charmés de nous servir jusqu'au plus haut des cieux,
Dans les globes divers, et sur terre, en tous lieux...
Dans ces calmes instants, à cette heure pieuse,
Pleine de souvenirs, nous rendant l'âme heureuse,
Du passé, du présent, mille faits précieux,
Comme autant de tableaux, viennent charmer nos yeux ;
L'obscurité se change en brillante lumière...
Et le profond silence en fervente prière ;

La prière devient des chants mélodieux,
Qu'en chœur les bons esprits répètent dans les cieux.
Un rayon échappé d'une immense lumière,
Soudain de notre esprit dessillant la paupière,
Nous éclaire un moment, des cieux les ciels divers,
Des esprits bien classés l'éternel univers.
Paul en extase alla, dit-il, jusqu'au troisième ;
Il peut avoir atteint, progressant, le seizième.
De notre monde à nous, les trois règnes connus
Vont du petit au grand, animés, soutenus
Par des pouvoirs secrets, par des lois non pareilles,
Partout dans la nature opérant des merveilles ;
Dans les deux univers, ces pouvoirs et ces lois
Gouvernent tout, sans doute, au nom du Roi des rois.

Tu veux que, le matin, mon âme aimante et fière,
De ton profond sommeil dégage ta paupière...
Toujours avec bonheur je me rends à tes vœux !
Pour toi tous mes souhaits sont doux et généreux ;
Ils coulent de mon cœur, le soir lorsque je veille ;
La nuit, quand je m'endors ; au jour, quand je m'éveille.
Demain, au temps voulu, sur l'aile de la foi,
Je me transporterai, ma fille, auprès de toi.
De l'amour maternel la douce et pure flamme

Agira puissamment sur ta douce et belle âme ;
Je redirai ton nom, t'exprimant mon amour,
Comme à l'heure sacrée où tu reçus le jour ;
Un baiser maternel, de mes lèvres aimantes,
Effleurant ton visage endormi, radieux,
Ira se reposer sur tes lèvres charmantes...
Mes vœux et mes baisers des plus délicieux,
Bénissant ton beau front, ouvriront tes beaux yeux...
Adieu ! chérie... adieu ! Suivons toujours la voie,
Où nous goûtons la paix et la plus douce joie.

LE CHANT DU SOIR

Le soir s'enfuit, minuit s'avance,
Livrant nos corps au doux sommeil,
Dans les bras de la Providence,
Attendons l'instant du réveil.

Présentons à Dieu, dès l'aurore,
Les vœux d'un cœur reconnaissant...
Pendant le jour, le soir encore,
Rendons hommage au Tout-Puissant.

Que du Ciel les agents sans nombre
Jettent quelques fleurs sous nos pas !
Et que nos maux soient comme une ombre
Qui passe et ne s'arrête pas !

Que notre âme, au soir de la vie...
— Soir des plus sereins, des plus beaux, —
S'envole, par la foi ravie,
Loin de la poudre des tombeaux !

Et, dans la céleste journée,
— Beau jour sans aube et sans déclin, —
Qu'elle suive sa destinée,
Savourant le bonheur sans fin !

Paris. — Imprime chez Bonaventure et Ducessois,
55, quai des Augustins.

www.ingramcontent.com/pod-product-compliance
Lightning Source LLC
LaVergne TN
LVHW010103060726
842524LV00006B/2299